U0004215

貓貓蟲咖波
縮小世界大冒險

亞拉◎著

晨星出版

本書介紹

　　本書收錄了貓貓蟲咖波在網路漫畫平台WEBTOON上的連載，第151話～第200話。咖波的連載出版也來到第4本了，感謝各位讀者的支持，也謝謝協助讓本書誕生的編輯與工作夥伴們，本書加上連載上沒有的特別篇——縮小世界，希望大家會喜歡！

　　有時候真的蠻佩服自己居然可以畫沒有文字的漫畫那麼多集，有些故事用沒有對白的方式真的很難表達，很多時候都是自己畫得很開心，結果別人都看不懂，只好重畫了QQ。但也是有好處的，至少我不會錯字連篇哈哈哈哈！

人物介紹

奶泡貓

暴龍姐

咖波

北極熊

小八

狗狗

小海豹

兔兔

拉拉

鼠鼠

果凍人

小雞

小雞噴漆

點心時間

鞋貓劍客

 . . .

打呼蟲

寄居蟹

布偶情人

放我出去

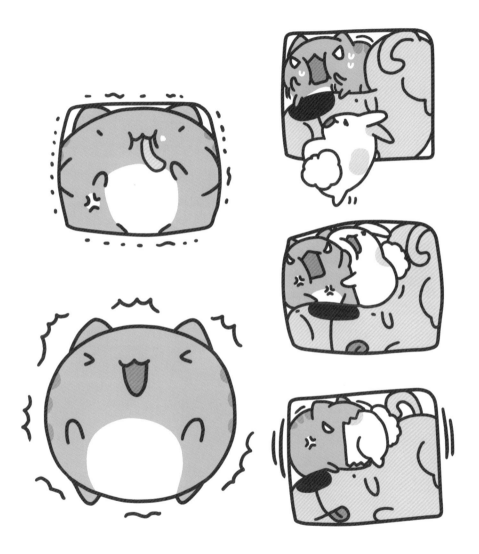

很黏的棒棒糖

堆雪人

洗車

鉛筆與橡皮擦

可樂

唱片蟲

撑竿跳

手搖飲料

抽菸

玻璃瓶

寄信

洗碗

貓貓鼓

陷阱

水槍

吊床

彈簧馬

穿襪子

調酒蟲

拔牙齒

82

園丁蟲

章魚蓋飯

冰咖啡

貓蟲吸塵器

包尿布

變形狗狗

釣大魚

揉揉臉

桌球

想要耳朵

鼠鼠餐廳

勇者貓蟲

巧克力棒外帶

華麗大迴旋

咖波氣球

看電影

把你拼回來

拍照

季節錯誤

桌爐

咖波罐頭

雕像

射飛鏢

縮小世界 特別篇

Lifecare 017

貓貓蟲咖波
縮小世界大冒險

作者：亞拉｜主編：李俊翰｜美術編輯：張蘊方｜封面設計：亞拉｜創辦人：
陳銘民｜發行所：晨星出版有限公司｜地址：台中市 407 工業區 30 路 1 號｜電話：
04-23595820 FAX：04-23597123 ｜ E-mail：service@morningstar.com.tw ｜ http：
//www.morningstar.com.tw｜行政院新聞局局版台業字第 2500 號｜法律顧問：陳思
成律師｜讀者服務 TEL：02-23672044 / 04-23595819#212 ｜ FAX：02-23635741 / 04-
23595493 ｜ E-mail：service@morningstar.com.tw｜網路書店：http：//www.morningstar.
com.tw｜郵政劃撥：15060393（知己圖書股份有限公司）｜初版：西元 2019 年 2 月 1 日｜
二刷：西元 2019 年 4 月 1 日｜印刷：上好印刷股份有限公司｜
定價：290 元
ISBN：978-986-443-830-3
Printed in Taiwan

  《貓貓蟲咖波》之數位內容同步於
LINE WEBTOON 漫畫平台線上刊出

填寫線上回函
即享『晨星網路書店50元購書金』

您也可以填寫以下回函卡，拍照後私訊給
就有機會得到小禮物唷！

`[f 搜尋／ 晨星出版寵物館 🔍]`

◆ 讀 者 回 函 卡 ◆

姓名：_____ 性別：□男 □女 生日：西元 ＿＿＿／＿＿＿／＿＿＿

教育程度：□國小 □國中 □高中／職 □大學／專科 □碩士 □博士

職業：□學生 □公教人員 □企業／商業 □醫藥護理 □電子資訊
　　　□文化／媒體 □家庭主婦 □製造業 □軍警消 □農林漁牧
　　　□餐飲業 □旅遊業 □創作／作家 □自由業 □其他_____

* 必填 E-mail：_____ 聯絡電話：_____

聯絡地址：□□□ _____

購買書名：貓貓蟲咖波：縮小世界大冒險 _____

・促使您購買此書的原因？

□於 _____ 書店尋找新知時 □親朋好友拍胸脯保證 □受文案或海報吸引
□看_____網路平台分享介紹 □翻閱_____報章雜誌時瞄到
□其他編輯萬萬想不到的過程：_____

・怎樣的書最能吸引您呢？

□封面設計 □內容主題 □文案 □價格 □贈品 □作者 □其他_____

・請勾選您的閱讀嗜好：

□文學小說 □社科史哲 □健康醫療 □心理勵志 □商管財經 □語言學習
□休閒旅遊 □生活娛樂 □宗教命理 □親子童書 □兩性情慾 □圖文插畫
□寵物 □科普 □自然 □設計／生活雜藝 □其他_____

加入晨星寵物館粉絲頁，分享更多好康新知趣聞
更多優質好書都在晨星網路書店 www.morningstar.com.tw

✂

407

台中市工業區30路1號

晨星出版有限公司

寵物組

請沿虛線摺下裝訂，謝謝！

更方便的購書方式：

(1) 網站：http://www.morningstar.com.tw

(2) 郵政劃撥　帳號：15060393

　　　　　戶名：知己圖書股份有限公司

　　請於通信欄中註明欲購買之書名及數量

(3) 電話訂購：如為大量團購可直接撥客服專線洽詢

◎ 如需詳細書目可上網查詢或來電索取。

◎ 客服專線：04-23595819#212　傳真：04-23597123

◎ 客戶信箱：service@morningstar.com.tw